AF449487

Memorie della mia vita
di Natale Camarra

Collana Ricerca e saggistica/8

© Copyright 2020 Riccardo Condò Editore
Tutti i diritti sono riservati
ISBN 9788897028857
Stampato da Amazon Kdp, U.S.A.,su licenza
di Riccardo Condò Editore

Prima edizione – febbraio 2020

www.ipersegno.it
Ipersegno è un marchio editoriale di
Riccardo Condò Editore, Pineto (Te).

Natale Camarra

MEMORIE
DELLA MIA VITA

2020

IPERSEGNO

*A tutti i miei compagni
di sacrifici di speranze di lotta*

Redigendo questa sua breve ma densa storia di vita, Natale Camarra ha trasfuso in essa, anche come forma letteraria, quei caratteri qualificanti della sua personalità che tanto hanno contribuito ad assicurargli la stima e l'affetto non solo dei compagni, ma di tutti coloro che, di ogni estrazione sociale e formazione ideologica culturale, ebbero la ventura di incontrarlo e di stargli a fianco nelle più varie congiunture: sui campi nelle sue prime giovanili fatiche di lavoro e poi nell'officina e in fabbrica, nell'attività di partito e nei sindacati, in prigionia e nella Resistenza, nelle lotte popolari in piazza e nei pubblici incarichi.

Dico la sua sensibilità umana e il suo coraggio battagliero, il suo senso di responsabilità e la sua pacatezza di giudizio, il suo spirito di sacrificio e la severa coerenza d'azione. Scevro, come egli è, da ogni ambizione, Natale Camarra si è sempre e ovunque qualificato per la diligenza estrema con la quale ha esplicato gli impegni o di rettamente assunti o affidatigli a fini di utilità comune nell'ambito del quale di volta in volta si è ritrovato a operare – si trattasse di colonia di confinati o di una formazione partigiana, dell'apparato del partito o di un consiglio comunale o provinciale;

di un Circolo popolare o di un Convegno studi. E fu sempre per tutti motivo di stupita ammirazione la rapidità e la precisione con cui egli seppe immedesimarsi in ogni incarico – dalla gestione di una mensa in un'isola confinaria, al restauro ed alla distribuzione dei libri in una bibliotechina di sezione, dal coordinamento dei collegamenti clandestini nella Guerra di Liberazione alla organizzazione e direzione di una Lega professionale o alla condotta di una campagna elettorale. Se gli Abruzzi, nella topografia dell'antifascismo militante, anche durante il ventennio della dittatura hanno continuato a figurare come una macchia rossa nel plumbeo grigiore di grande parte della penisola, lo si deve largamente alla appassionata instancabile sua azione, come possono testimoniare le migliaia e migliaia di compagni che di decennio in decennio, di generazione in generazione, nell'ultimo sessantennio sono stati da lui iniziati alle concezioni ideali che egli aveva abbracciato mentre era ancora poco più che un fanciullo per connatura dedizione alla sorte dell'umanità più misera e sfruttata.

Ma Natale Camarra nella sua modestia e semplicità non vuole che gli venga attribuito qualsiasi titolo di priorità nella crescita politica della sua gente secondo i nuovi valori morali e civili maturati nelle grandi lotte dell'epoca storica in corso.

Poiché egli si sente, e vuole che lo si consideri, soltanto come una parte o un partecipe del grandioso processo di superamento dall'individuale al collettivo che abbraccia, dal centro all'ultimo margine, il mondo intero e innanzi tutto coloro, e sono una moltitudine, che avendone preso coscienza, vi si sono adeguati per meglio servirlo.

Questa è d'altronde la ragione per la quale, essendosi proposto di narrare le sue vicende di vita, Natale Camarra richiama nel racconto, minuziosamente ricordandone nome e cognome, tanti e tanti che anche solo episodicamente e di scorcio figurano in alcune delle molte vicende drammatiche nelle quali ebbe il ruolo di protagonista – nomi e cognomi sui quali il lungo decorso del tempo o la colpevole trascuranza della gente aveva ormai fatto calare l'ombra e il silenzio.

Riscattandoli dall'oblio, Natale Camarra non ha voluto soltanto fare opera di giustizia rendendo loro omaggio meritato; ma nel contempo si è proposto ed è riuscito ad allargare ad un più ampio orizzonte l'interesse dei suoi lettori educandoli ai principi di solidarietà che furono per lui legge costante di vita.

Umberto Terracini

Forse un po' troppo in ritardo mi sono deciso a tracciare questi ricordi, anche se lacunosi di qualche particolare, un po' imprecisi in altri; ma infine ho ritenuto doveroso, prima che il tempo affievolisse maggiormente la memoria, lasciare ai giovani anche la mia storia, affinché unita alle tante altre, essi abbiano un maggior patrimonio ideale da conoscere, per difendere la libertà così a duro prezzo riconquistata.

Mi sono deciso in particolare dietro sollecitazione dell'Istituto Storico Regionale della Resistenza recentemente costituito.

Dedico quindi queste pagine a tutti coloro che improntarono la loro vita a ideali di giustizia e libertà, a tutti i compagni di carcere e confino ed a quelli che, con passione, hanno collaborato con me perché questi ricordi vedessero la luce.

Nato a Popoli (allora provincia dell'Aquila) il 25-12-1898, penultimo di sette figli ed orfano di padre che non ho conosciuto, non potei proseguire gli studi per i quali avevo particolare passione, dovendo immettermi nel mondo del lavoro: infatti all'età di dieci anni, appena compiuta la sesta elementare, entrai nella bottega di un fabbro del paese, Alberto Finocchi, per apprenderne il mestiere; ben presto, favorito da un cognato operaio alle Officine di Bussi, fui assunto in qualità di apprendista fonditore alla Elettrochimica di una società tedesca. Il lavoro, benché faticoso per un ragazzo della mia età, mi piacque. Così giunto ai quindici anni, ogni mattina, con gli operai adulti percorrevo a piedi tre chilometri per raggiungere lo stabilimento, sotto le intemperie. E così avveniva per il ritorno. Si partiva alle cinque del mattino per essere sul posto alle sei e si ripartiva alle diciassette con un'ora di intervallo per consumare la "pagnotta" portata da casa.

Le ore di lavoro erano eccessive e dall'ambiente esalavano i vapori malsani delle sostanze chimiche; data la mia gracile costituzione fisica, risentivo molto di questi disagi.

Durante il percorso quotidiano per recarmi al lavoro, ascoltavo attentamente i discorsi di politica dei miei compagni adulti e ben presto capii i problemi che assillavano i lavoratori; si diceva che era all'orizzonte la minaccia della prima guerra mondiale; questi discorsi appassionavano molto anche me, benché ragazzo maturato precocemente fra i disagi.

In questo periodo fui molto colpito da quanto si diceva su un certo Mario Trozzi, studente in giurisprudenza, figlio di un farmacista di Sulmona, che il padre aveva scacciato di casa per le sue idee socialiste, e che la classe operaia di Popoli aiutò a concludere gli studi ed a farlo divenire un eminente avvocato. Avevo conosciuto il giovane in casa di mio cognato Raffaele Sanvitale e all'età di sedici anni, divenutogli amico, fui trascinato dalle sue idee che mi appassionavano.

Precedentemente, a Popoli, avevo avuto modo – in una delle manifestazioni pubbliche che si tenevano in occasione del saluto ai defunti – di conoscere l'On. Arnaldo Lucci, deputato a Napoli; egli perorò la mia causa affinché, nonostante mancassero quasi due mesi al compimento del quindicesimo anno di età, mi potessi iscrivere alla Sezione della Gioventù Socialista di Popoli dove riscossi subito la fiducia dei giovani compagni, tanto che ne divenni un dirigente.

Da questo momento la mia vita fu dedicata con passione oltre che al lavoro, alla vita politica.

La minaccia della prima guerra mondiale con le sue cupe ombre si avvicinava; la classe operaia di

Popoli, divenuta numerosa e compatta, cosciente delle difficoltà incombenti, era contraria all'intervento ritenendo che si sarebbero potuti raggiungere gli obiettivi dell'unità nazionale sul terreno diplomatico, evitando la guerra, sempre foriera di disgrazie e rovina sociale, anche se vittoriosa.

Come si temeva, le spinte interventiste della classe borghese prevalsero, l'Italia entrò in guerra ed il primo dei miei fratelli, Amedeo, fu subito chiamato e dato poi per disperso.

Dichiarato abile ai soli servizi sedentari, per la mia gracilità toracica, fui destinato a Spoleto, 52.ᵐᵒ Fanteria; venne qui l'ordine di raggiungere il fronte, ma con Raffaele Mancini, Pasquale Lattanzio e Francesco Forcucci, non ci presentammo alla chiamata con la speranza che, apertoci un processo, avremmo ritardato la partenza per il fronte. Invece ciò non si realizzò perché dopo alcune ore ci ripresentammo e ci arrestarono. Fummo rinchiusi nella lurida Rocca Spoleto, in celle sotterranee e buie, dove grossi topi si sfamavano col pane che noi gettavamo loro per non farci assalire.

Il processo non si svolse, fummo invece inviati a Brescia per frequentare il corso mitraglieri da dove, dopo una ventina di giorni, raggiungemmo il fronte.

Dopo varie fasi di guerra, avvenne la ritirata da Caporetto: mentre cercavo di condurre in salvo il mio compaesano Raffaele Mancini, ferito, ci fermammo in un casolare per riscaldarci con altri soldati: qui, circondati, fummo fatti prigionieri e portati nei pressi di Vienna, al campo di concentramento di Sigmunserberg.

Quell'anno di prigionia fu veramente duro: fame, freddo ed ogni sorta di privazione nelle malsane baracche invase da pidocchi che ci divoravano, topi e cimici in abbondanza, con assenza totale di acqua e attrezzature igieniche. Non ricordo con precisione quanti italiani fossimo, ma eravamo molti, moltissimi; al di fuori delle baracche c'era un prato di funghi; i prigionieri, per sfamarsi, saltavano lo steccato per raccoglierli ed i guardiani tolleravano sapendo che questo era l'unico alimento oltre il pochissimo pane centellinato a grammi; eppure c'era chi, per la disperazione, cedeva il pane per qualche sigaretta.

Tra quei funghi ce ne erano anche dei velenosi ed un prigioniero aveva imparato a distinguerli; purtroppo però, nonostante la circospezione, dopo una buona mangiata morì avvelenato.

Lo spettacolo ci colpì profondamente, ma non ci distolse dal tornare a raccogliere quell'unico alimento per sopravvivere.

Intorno a me c'erano squallore e miseria: al mattino trovavo sempre qualcuno che durante la notte era morto di fame.

Intanto, per sfollare il campo, si richiedeva manodopera e, pur di uscire da quell'ambiente, ognuno rispondeva agli appelli, anche se non del mestiere richiesto. A tal punto di debolezza ero giunto da non reggermi in piedi; camminavo con le mani e con i piedi, ma ugualmente risposi alla richiesta di fonditori.

Fui portato quindi in Slovenia, in uno degli altiforni, con altri 21 italiani. Date le mie precarissime condizioni di salute fui nutrito subito, con gli altri, per poter lavorare, con patate e pasta manipolata con acqua e farina, la cosiddetta sagna, per circa un mese.

In seguito alla ritirata di Caporetto le frontiere rimasero chiuse per cui non giunsero i pacchi che le famiglie spedivano continuamente, anche tramite la Croce Rossa. Infine, quando c'eravamo rimessi un po', ne arrivarono parecchi contenenti pane e condimento. Tale era la avidità di quel buon pane di casa (anche perché esso ci portava l'eco della nostra gente e in particolare della famiglia lontana) che, diviso con i compagni, fu prestissimo divorato.

A circa un anno dalla prigionia arrivò la notizia dell'armistizio che tanto sollievo portò a tutti noi; ma con esso sopraggiunse anche l'epidemia della "spagnola" che non ci permise di tornare, anzi ci colpì tutti e molti persero la vita.

Fui congedato nel giugno del '20 anticipatamente, in seguito alla constatazione della morte di mio fratello già dato per disperso.

Tornato a casa con tante speranze, mi resi purtroppo subito conto delle turbinose condizioni politiche del Paese, delle delusioni dei combattenti, del sorgere dei Fasci di Combattimento, per cui decisi di allontanarmi da Popoli tuffandomi nuovamente nella vita politica a Milano.

Trovai lavoro a Precotto Milanese, presso l'officina meccanica e fonderia Mondeggia, sempre come fonditore, ed abitai in via Tenaglia, n. 1, angolo di Piazza Fontana. Frequentavo assiduamente la sezione Socialista del Verziere e cosi presi parte, come prima incisiva esperienza politica, all'occupazione delle fabbriche che durò ininterrottamente una quarantina di giorni.

In questo periodo importante per la classe operaia e di vivo fermento politico, furono ovviamente individuati dalla polizia alcuni elementi che si distinguevano per attività politica.

Anch'io cominciai a figurare tra quelli che maggiormente erano tenuti di mira.

Dopo la scissione del Partito Socialista con il Congresso di Livorno, aderii subito al Partito Comunista, nato in quel Congresso: avevo 22 anni e già tanta esperienza accumulata.

Il fascismo andava man mano affermandosi e perseguitava gli attivisti più noti; perciò, per continuare la lotta intrapresa, fui costretto a tornare nel mio paese.

Qui il mio lavoro fu facilitato dai compagni del luogo: Nicola Costantini, Domenico Paolini, Pietro Galli ed altri. Durante il Congresso di Livorno ero venuto a Popoli per fondare la Sezione

Comunista e mi compiacqui del fatto che i compagni già citati avessero tempestivamente presa l'iniziativa.

Da Milano dovetti fuggire per la graduale affermazione del fascismo e quindi collaborai a Popoli per la conquista della maggioranza comunista sui socialisti.

Per l'attività dei Comunisti, Popoli fu chiamato la "Macchia Rossa" d'Abruzzo. Fu fondato un giornale periodico, a cui fu dato questo nome, stampato nella tipografia di Nerino Fracasso, con l'aiuto dei figli maggiori ed altri compagni, fra cui si distinsero, oltre me, Quirino Giovani ed altri. Fin dal primo sorgere del fascismo la classe operaia capì che sarebbe stata perseguitata e soffocata ogni giusta aspirazione di libertà, di giustizia e di democrazia; del resto questo era stato compreso fin da quando, come ho già detto, mi recavo al lavoro da giovinetto nella fabbrica di Bussi.

Con l'avanzare del fascismo, questi timori si confermavano sempre di più, ma anche l'opposizione alle squadracce fasciste si faceva più vigorosa: la classe operaia reagiva ed anche la popolazione femminile collaborò validamente ad ogni iniziativa di lotta e resistenza.

Il baluardo costituito dal forte nucleo di compagni che difendevano il paese impedì ai fascisti di entrare a Popoli; circa un mese prima della Marcia su Roma furono trovati affissi manifesti di ispirazione fascista secondo cui la classe operaia di Popoli non sarebbe stata sfidata.

Accadde invece che la stessa notte, provenienti da Sulmona, Chieti, Pescara, Castellammmare,

Avezzano, Teramo i fascisti entrarono in paese circondando le case degli indiziati attivisti; molti riuscirono a fuggire: Fracasso, i fratelli Villa, Quagliola ed altri; alcuni furono presi, bastonati e purgati con olio di ricino.

Qualche centinaio di squadristi in camicia nera assalirono la mia casa, cercando me e mio fratello Giovanni, ma non riuscirono a penetrare data la robustezza del portone, e di tutta la costruzione; dopo aver tentato tutta la notte di forzarla, la mattina abbandonarono l'impresa minacciando il ritorno che però non avvenne.

Si distinsero per la loro attività i compagni Antonio D'Alessandro, Loreto Villa, Rocco Maré, Luciano Camarra, Domenico Silvestrone ed altri che venivano continuamente arrestati in ogni ricorrenza fascista. Nelle storiche date del 1° maggio e del 7 novembre la popolazione, nonostante la vigilanza, riusciva ad issare bandiere rosse sui pubblici edifici del paese causando ira e rappresaglie da parte dei fascisti. In questa azione ero isolato, solo qualche compagno fra i più perseguitati mi seguiva come Gregorio Vernacotola.

Il direttore della Gazzetta dello Sport, quando passava per Popoli per l'annuale corsa ciclistica del Giro d'Italia, non tralasciava di annotare sul suo giornale le scritte antifasciste e ben visibili sui muri del paese inneggianti a Lenin e alla Rivoluzione d'Ottobre.

È ovvio che io fossi tra i primi ad essere arrestato in queste circostanze con il compagno Nicola Costantini.

Questi infine, dopo il confino di Ustica e Ponza che trascorse con me, fu trasferito alle Tremiti quando la colonia di Ponza fu sciolta e noi passammo a Ventotene; egli dalle Tremiti fu portato poi ad Anversa, dove morì in circostanze misteriose.

Fino alle leggi eccezionali i compagni si recavano in corteo a Capo Pescara per festeggiare il Primo Maggio e il 7 Novembre, seguiti da parte della popolazione. Il compagno Enrico Giardini, che lavorava come operaio a Bussi, suonava in testa al corteo la fisarmonica. Purtroppo, alcuni giovani che frequentavano la Sezione furono delatori.

Con sentimenti misti di sorpresa, dolore e sdegno vedemmo che, subito dopo la Marcia su Roma, qualcuno di essi indossava la camicia nera mostrandosi fra i più scalmanati!

Dopo questa data, con l'affermarsi del fascismo, iniziarono le forti persecuzioni: le cooperative furono sciolte, gli operai perseguitati e licenziati. Anch'io avevo trovato lavoro presso la fabbrica di alluminio a Bussi, ma essendo molto in vista, fui licenziato; e difficile era trovare altro lavoro.

Per le ragioni esposte mi associai con Nicola Bucciarelli, mio amico, per aprire una fonderia di bronzo e dopo varie difficoltà il lavoro proseguì con profitto. Però, aumentando la mole delle commesse, si resero necessarie attrezzature migliori per cui mia madre, per aiutarmi, si assunse il carico di un debito di seimila lire che venne anche a beneficio del mio socio.

Nel 1924 la Federazione Comunista dell'Aquila tenne un convegno in quella città a cui partecipai. L'incontro ebbe luogo in casa di Giuseppe Attardi. Da esso scaturì la decisione che io fossi responsabile della zona comprendente Popoli, Sulmona, Pratola, Bussi, Tocco Casauria; in ognuna di queste sezioni si raggiunse il numero di una trentina di tesserati, fino al mio arresto.

Appena dopo il convegno dell'Aquila fu l'inizio di ripetuti arresti: fui coinvolto nel processane di Bari (tra gli imputati figuravano Bordiga e Terracini) e dopo la condanna restai in carcere sei mesi. Questo arresto mi fece venir meno il viaggio stabilito per Mosca ove avrei dovuto frequentare un corso di scuola politica ed il mio posto fu ricoperto Piero Ventura, segretario della Federazione dell'Aquila.

Dopo il carcere mi rituffai nel lavoro anche per raccogliere il denaro del "Soccorso Rosso", che il Partito devolveva per aiutare le famiglie dei compagni carcerati. Recatomi a Roma per portare una certa somma al compagno Grieco, questi mi propose di far visita a Gramsci che trovammo mentre si radeva la barba lentamente: mi colpì la sua pacatezza, il suo sguardo vivace e penetrante, il suo ragionamento acuto, la sua garbatezza nei modi.

Mi rimisi al lavoro, nella fonderia, con molto disappunto del mio socio che temeva, come avvenne, persecuzioni anche per lui.

Un maresciallo dei carabinieri mi arrestava ogni sabato sera per rilasciarmi il lunedì mattina; e cosi per circa un anno, senza darne motivazione. Arrivammo al luglio 1927, dopo la costituzione della Provincia di Pescara a cui fu assegnato il Comune di Popoli, ed io in quel mese venni nuovamente arrestato e questa volta mandato al confino per 3 anni. Il primo periodo lo trascorsi ad Ustica.

Prima di essere portato ad Ustica con altri compagni, dopo varie tappe della tradotta sostammo una decina di giorni al carcere del Carmine a Napoli. Luogo putrido: cimici dappertutto che dal soffitto piombavano addosso sui luridi giacigli per succhiarci il sangue: il posto era al limite della sopportazione umana.

In questo squallore, fu grande la sorpresa che provammo quando all'alba ci sentimmo salutati dal canto caratteristico ed inconfondibile dei venditori ambulanti: canto del cozzicaro ed altri che ci riempiva l'animo di un soffio di umanità viva e vera, voci che sentivamo amiche e che non si possono dimenticare.

Da Napoli, dopo il viaggio disagiato anche per il mare grosso, sempre ammanettati e incatenati con i coatti comuni, approdammo a Palermo al carcere dell'Ucciardone, luogo putrido come gli altri, e sempre ammanettati e incatenati. Dopo una permanenza di circa quindici giorni in questo carcere laido, a causa del mare grosso che costringeva il piroscafo a retrocedere, ci imbarcammo per Ustica. L'isola ci apparve come una località remota, fuori dal mondo, dove squallidi cameroni, saturi di umidità, ci accolsero con i coatti comuni. Avendo saputo del mio arrivo, i compagni Nicola Costantini e Nicola Pinto, quest'ultimo socialista, ed ex segretario della Camera del Lavoro di Popoli, mi attendevano sulla banchina per offrirmi affettuosa accoglienza.

Dieci lire giornaliere servivano al nostro mantenimento, unite ai vaglia che giungevano ad alcuni di noi e che versavamo al fondo comune.

Avevamo un po' di libertà e circolavamo per l'isola rifornendoci di arance e fichi d'india per le campagne, accolti umanamente dalla popolazione, senza ripulse, forse perché abituata a trattare coatti. Sotto la guida di Amedeo Bordiga, per i comunisti, e Giuseppe Romita, per i socialisti, e di altri intellettuali, si trascorreva buona parte del tempo studiando e seguendo veri corsi di formazione politica. Si pensava alle lotte di domani e veniva utilizzato il tempo per la preparazione dei nuovi quadri dirigenti.

Qui avemmo l'occasione di visitare la casa ove fu confinato Gramsci che con gli altri dirigenti del P.C.I. fu deferito al Tribunale Speciale per il famoso processone. La nostra libertà era strettamente sorvegliata e la popolazione perciò si distaccò in un secondo tempo da noi: non potemmo perciò avere più contatti per dare e ricevere notizie dal continente

Il desiderio di ritornare a rivedere dove trascorsi con i compagni tanta parte della giovinezza, mi ha indotto a visitare di nuovo quell'isola, con mia moglie, dopo tanti anni. Ben diversa mi è apparsa: ora è un luogo di villeggiatura ed i segni del progresso sono manifesti; però le strade di campagna che ho ripercorso sono le stesse di allora e ho bene individuati i luoghi dove vissi con gli altri confinati. Così anche per Ponza e Ventotene: una immensa commozione certo nel rivedere quei luoghi di esilio dove si temprarono i vecchi compagni e si formarono i nuovi dirigenti.

Nell'estate dell'anno successivo, nel 1928, fummo trasferiti a Ponza per un tragico incidente: un coatto comune, frequentando la mensa di Spartaco, anarchico di Roma, rubò il portafoglio ad un confinato politico ed avendolo il detto Spartaco invitato a riconsegnarlo al proprietario, fu ucciso da lui.

Questo triste episodio determinò la divisione fra coatti e confina ti politici per cui fummo trasferiti a Ponza.

Questo fu un viaggio disastroso: eravamo alcune centinaia, fra cui molte donne e fra esse le sorelle Baroncini e Lucia Scarpone.

Tutti ammanettati fummo ammassati nella stiva della nave Garibaldi ove il caldo era insopportabile per le lamiere arroventate e dovemmo protestare parecchio per farci trasferire sul ponte; infine, stremati, approdammo, dopo il lungo viaggio, a Ponza.

Questa isola, pur arida, era meno aspra di Ustica, la popolazione ci sembrò più accogliente.

Un vecchio castello diroccato, dominava l'isola.

Nel suo ventre, gelido ed arido, i confinati venivano ammassati.

La vita in comune rinsaldava il nostro affetto: pronti ad aiutarci, a rendere comune ogni cosa o

alcunché di giovevole, anche nei minimi particolari. Ci eravamo addestrati nell'organizzazione
delle mense cui si provvedeva con la ridotta diaria
di cinque lire versandone 4,50 e creandone anche
una particolare per i malati.

Chi poteva disporre di denaro sufficiente aveva
il permesso di cercare alloggio in case private; io,
con altri due confinati, un romano e un bolognese, alloggiamo presso una modesta casa privata:
si poté cosi avere un contatto nuovo e cercare di
mandare fuori notizie e riceverne.

La sorveglianza però era rigida: il vice direttore della colonia era il famoso Marcello Guida il
quale ben ci teneva a distinguersi per le maniere
forti: i pretesti non mancavano per infierire ed in-
fliggere punizioni; anche io subii vari mesi di cella
di isolamento in seguito a denuncie di militi suoi
sgherri che creavano accuse false o davan ordini a
cui non ritenevo di obbedire.

Non ricordo il nome del direttore, ma ricordo però che era zoppo e che morì a Ventotene
un giorno che i nostri carcerieri volevano farci dimenticare il 7 Novembre, anniversario della Rivoluzione di Ottobre.

Tutto questo rigore però non piegava né la mia
volontà né quella di altri, nel proseguire la lotta
in attesa che giungesse il trionfo dei nostri ideali.

Dopo il primo confino a Ponza, durato tre anni, tornai a Popoli, a casa, ove subii persecuzioni a non finire con arresti e perquisizioni. Quando l'ottusità fascista cominciò a coinvolgere anche il mio socio nella fonderia, decisi di lasciarlo da solo a lavorare per evitargli fastidi a causa mia. Né volli richiedergli le 6 mila lire con cui avevamo attrezzato la fonderia, auspicando tempi migliori.

Nei vari arresti venivo sottoposto a interrogatori lunghi e snervanti, alla luce di forti lampade, per avere notizie dell'organizzazione e nomi dei compagni.

A volte cercavano di allettarmi con lusinghe, promesse di denaro e di buon lavoro, a patto di sottoscrivere atto di rinuncia all'attività e sottomissione al regime. Mancato il raggiungimento di questo scopo il sistema cambiava: percosse, pugni, bastonate e lunghi digiuni. A questo proposito è rimasto profondamente inciso in me, con senso di disgusto e di raccapriccio, il seguente episodio: in una delle caserme dei carabinieri di Pescara fui messo in una buia camera di sicurezza per più giorni, senza che venisse mai aperta la porta per portarmi almeno dell'acqua.

Le mie forze, già molto indebolite, erano giunte all'estremo. Dopo vari giorni fui portato al cospetto di tale Andriani, Comandante dell'OVRA, residente in Avezzano, che redarguii i carabinieri per l'inumano trattamento a me inflitto e ordinò ai medesimi, per estrema beffa, di provvedere subito ad un buon vitto; ma, ricondotto in cella, attesi inutilmente quanto ordinato.

Dopo alcuni giorni, ancor più debilitato fisicamente per i maltratta menti, le percosse e la fame, fui portato per la seconda volta al cospetto dell'Adriani che, saputo del mancato adempimento dei suoi ordini, mi fece riaccompagnare in carcere.

Dopo poco mi venne portato il pranzo che io consumai con avidità, pur sospettando che avrebbe potuto, dopo il lungo digiuno, nuocermi gravemente, cosa però che fortunatamente non avvenne.

Fui rimesso in libertà dopo qualche giorno, in uno stato di estrema debolezza a causa del lungo digiuno, né mi fu data mai alcuna spiegazione di questo episodio: la condotta di Adriani era sincera o simulava? Era d'accordo con i carabinieri o era una provocazione? Oltre agli arresti subivo anche continue perquisizioni; mia madre, avanti con gli anni, era avvezza ormai a queste visite punitive.

Assisteva senza reagire ai soprusi degli sgherri che si divertivano a mettere tutto a soqquadro, scucendo ogni volta anche i materassi, alla ricerca di qualsiasi indizio o materiale della mia attività. La cospirazione mi aveva insegnato qualcosa.

Materiale infatti ce ne sarebbe stato, ma i miei – non pensando che un giorno esso sarebbe stato prezioso per la storia e temendo invece di arrecarmi danno se lo avessero trovato (lettere, piani di lavoro, nomi dei compagni, ecc.) – distrussero tutto anche perché le perquisizioni si succedevano anche quando io ero al carcere o al confino.

Nell'estate del 1934, con la bonifica delle Paludi Pontine, molti operai veneti e romagnoli affluirono in quelle terre ed il Partito mi inviò colà perché mi insinuassi fra loro a scopo di propaganda e proselitismo di nuovi compagni. L'ambiente si prestava, ma essendo l'opera di bonifica all'inizio, la malaria infestava tutta la zona e mieteva tra lavoratori molte vittime.

Le abitazioni erano costituite da baracche di legno; cioè erano solo dormitori. Io lavorai con il gruppo romagnolo; mentre facevo il manovale dei muratori, trasportando pietre e calcinacci, espletavo il mio lavoro politico che purtroppo durò solo una trentina di giorni perché fui colpito dalla malaria perniciosa che mi costrinse a tornare a casa dopo breve degenza in ospedale.

Questa malattia non mi doveva più abbandonare: è ricomparsa frequentemente per molti anni lasciandomi tracce nella milza che permangono tuttora con vari disturbi collaterali.

Tornò a Popoli dal confino il compagno Nicola Costantini che mi disse di aver viaggiato fino a Napoli col compagno confinato Melchiorre Vanni il quale si recava all'ospedale di Napoli.

Vanni gli confidò che avrebbe tentato la fuga per non tornare all'isola e che sarebbe invece venuto a Popoli per rifugiarvisi e poter poi raggiungere il suo paese in Toscana. Così lo attendemmo. Dopo alcuni giorni infatti egli riuscì a mettere in atto il suo piano; noi lo accogliemmo, lo rifocillammo, gli demmo di che vestire decentemente e lo nascondemmo a Tocco Casauria, presso il compagno, anch'egli poi confinato, Eustachio Sticca, da dove fu poi trasportato in motocicletta a Terni da Piero Nannicelli che proveniva dalla milizia fascista e che era divenuto un compagno.

Però caddero dalla moto prima di raggiungere Terni e si divisero: Nannicelli tornò a Popoli, di Vanni non avemmo subito notizie, ma poi sapemmo che era caduto combattendo nella guerra di Spagna, miliziano delle Brigate Internazionali.

Era il tempo in cui si preparava la guerra di Spagna. Il Partito approntava il Corpo dei Volontari ed anche noi a Popoli lavoravamo intensamente a questo scopo.

Pur non avendo ricevuto direttive dalla direzione del partito, formammo un nucleo di oltre trenta uomini, tra cui vari comunisti, che erano pronti a salpare per combattere con le Brigate Internazionali. Attendevo di darne comunicazione all'indirizzo segreto della Francia, ma non feci in tempo: infatti, in seguito a sospetti sulla costituzione di questo gruppo di volontari, furono arrestati alcuni esponenti noti tra cui io, Costantini e Nannicelli.

Dopo due mesi di attesa nel carcere di Pescara, non trovando materiale d'accusa, mentre quasi tutti furono rimessi in libertà, io, Costantini e Nannicelli, invece, e qualche altro, fummo condannati al confino e quindi riportati a Ponza.

Qui trovai Giorgio Amendola, Pietro Secchia, Antonio Cicalini ed altri dirigenti nazionali; nella primavera del '37 giunsero a Ponza Scoccimarro, Terracini, Li Causi, Camilla Ravera, Cansano, Santhià, Roveda, Parodi ed altri dirigenti.

Ci sarebbe dovuto essere anche Gramsci il quale però, uscito dal carcere anch'egli con loro, dopo la condanna che fece seguito al processone, morì in ospedale.

Questo arrivo fu accolto da noi con uno strano senso di compiacimento, sia perché dopo lunghi anni erano usciti dal carcere e sia perché, venendo essi fra noi, avremmo avuto da loro la migliore guida per la formazione di un forte e organizzato Partito Comunista, all'altezza degli impegni che avrebbe dovuto assolvere.

Per questo nella vita dei confinati di Ponza oltre all'organizzazione dello studio, si pensava anche ad organizzare qualche momento di ricreazione.

Oltre l'organizzazione dello studio, si era costituita una piccola orchestra diretta dall'ing. Calace che suonava il mandolino; facevano parte di essa Terracini e Scocimarro che suonavano il violino, Li Causi la chitarra; questo serviva a creare un'atmosfera distensiva e nei giorni di festa l'orchestra si esibiva anche in pubblico.

Un gruppo di confinati (tra cui l'On. Borin, Guastalli, Laus, Benedetti ed altri, tra tutti una trentina) fu trasferito alle isole Tremiti, forse per punizione; comunque non ne sapemmo il motivo.

Il direttore della colonia, un Commissario di P.S., pretendeva che si rispondesse all'appello col saluto romano; al nostro rifiuto fummo prima chiusi nelle celle e poi dislocati al continente nelle carceri di Foggia, San Severo, Lucera ed altre; quelli ritenuti più pericolosi furono trattenuti a Foggia ed io ero fra essi.

Il cibo, come in tutte le altre carceri, consisteva in qualche scarsa scodella di brodaglia, né pulita, né condita, senza il minimo rispetto delle norme igieniche e con poco pane; anche qui i nostri risparmi, che erano frutto dei vaglia di famiglia, venivano messi in un unico fondo sì da provvedere al necessario per i nostri compagni più deperiti. Anche qui pagliericci fetidi infestati di cimici, pidocchi, scarafaggi, topi.

E così, dopo due mesi, riportati a Tremiti, si ripeteva lo stesso procedimento per imporci il saluto romano. Il direttore della colonia era su tutte le furie: non riusciva a piegarci e vedeva nel nostro atteggiamento un esempio agli altri (che nel frattempo avevano ceduto) di coraggio, di fede, di forza d'animo; il nostro esempio, infatti, valse ad essi perché ripresero la lotta.

Dopo aver rinnovato più volte l'andirivieni d alle carceri al confino, sempre per un periodo di due mesi per volta, il direttore della colonia fu trasferito e di conseguenza tornammo a Ponza.

Qui, tra una lezione e l'altra, come già detto, tenuta dai compagni intellettuali nostri dirigenti, ci allietavamo il soggiorno e distendevamo i nervi con l'orchestrina.

Il compagno Pietro Secchia, invece, insieme ad un altro compagno di Napoli, Ciro Picardi, si rivelò un ottimo miniaturista: dipingeva cartoline e piccoli quadri che poi vendevamo per ricavarne fondi a beneficio della comunità.

A Ponza, parlando con gli isolani, si era sentito dire che a Ventotene stavano fabbricandosi cameroni nuovi per accogliere i confinati i quali, essendo recidivi e irriducibili, avrebbero dovuto permanere a vita in quella dimora.

Così si arrivò al luglio 1939: quanto si sospettava e si vociferava era purtroppo vero: fu ordinato infatti che la colonia di confino di Ponza fosse sciolta e i confinati lì custoditi, quelli ritenuti più pericolosi, fossero trasferiti a Ventotene .

Fu comunicato il giorno di partenza, dopo l'appello, e tutti in fretta dovemmo radunare le nostre cose: il bagaglio certo era minimo, ma doveva essere ancora ridotto.

Pertanto, nella notte, facemmo le scelte e, al primo mattino, fummo radunati. Certo non potremo mai dimenticare l'immagine dei compagni confinati partenti, allineati, con le manette ai polsi legati l'uno all'altro con catene in attesa del disbrigo delle pratiche d'imbarco, con il fagotto a tracollo!

Ognuno con le sue piccole cose che non aveva voluto abbandonare! Li Causi con la chitarra, Terracini e Scoccimarro con il violino; particolari commoventi che contrastavano con lo squallore che ci circondava!

Da lontano sovrastavano l'isola di Ventotene i cameroni che ci attendevano: in contrasto con i bei colori del mare, queste enormi costruzioni lineari, gelide, benché nuove, lasciavano intuire lo squallore e la freddezza che serbavano per noi.

L'unico conforto era il desiderio di sopravvivere e la speranza di vivere l'epoca in cui il Partito avrebbe potuto agire all'aperto.

Nelle isole, per poter approfondire le nozioni di studio, si sfogliavano i libri e si copiavano in modo che potessimo avere una copia manoscritta a disposizione per consultarla e studiarla.

La vigilanza era sempre severa, ma si trovava il modo di poterci comunicare le direttive del Partito: mentre passeggiavamo in due si attuava la formazione cosi detta "a catena", cioè l'uno trasmetteva all'altro le relazioni che il partito desiderava farci conoscere e così via, di due in due.

Il nostro apprendimento era poi controllato saltuariamente da un dirigente. Così, dall'inizio, si formò l'organizzazione di Partito. Qui arrivarono la cara Adele Bei e il compagno Arturo Colombi. Adele Bei fu arrestata dall'OVRA dopo qualche tempo dal suo rientro clandestino dalla Francia, dove il Partito le aveva assegnato il compito di diffondere notizie, materiale, manifestini. Fu condannata dal Tribunale Speciale a lunghi anni di carcere e confino e la sua esperienza di combattente antifascista e detenuta politica è magistralmente raccontata in una sua piccola, ma significativa pubblicazione autobiografica.

Adele Bei si prodigava nel rattoppare i nostri abiti sdruciti che non reggevano più.

Intanto mancavano viveri, indumenti, sapone. Si udivano intorno all'isola i bombardamenti.

Tra noi giunsero dalla Francia insieme ad altri compagni comunisti e socialisti, anche Luigi Longo, e Giuseppe Di Vittorio. Provenivano da un campo di concentramento, dopo aver combattuto in Spagna, mentre il compagno Nenni fu inviato da solo a Ponza.

L'unico aspetto positivo della vita dei confinati era quello di potersi scambiare libri di studio e pareri su ciò che leggevano.

A parte la sorveglianza particolare cui erano sottoposti dirigenti come Longo, Terracini, Scoccimarro, Secchia ed altri che avevano sempre alle calcagne un milite per ciascuno, il resto dei compagni poteva incontrarsi fuori e commentare ciò che avevano studiato. Lo scopo era quello di elevare il livello culturale per prepararsi nel modo migliore ad assolvere gli impegni di lavoro e di direzione che ci sarebbe stati affidati.

Il milite di nome Mimi (non ricordo il cognome) cui era affidata la sorveglianza di Scoccimarro, abitava di fronte alla casa dove ero io: una sera, durante un forte temporale, un fulmine colpì la sua abitazione ed io, per soccorrerlo, saltai la finestra, essendo la porta chiusa. Lo trovai privo di parola per lo spavento, che in seguito riacquistò. Questo gesto mi guadagnò la lode per il coraggio, ma non essendo contemplati nel regolamento dei confinati comportamenti di questo genere, l'intervento soccorritore mi causò, insieme alla lode, sei mesi di carcere.

Il milite, però, fu sensibile al mio atto e mi mostrava gratitudine. Fu così che anche se dubbioso della sua sincerità, gli affidavo lettere per la mia famiglia ogni volta che egli si recava in licenza a Chieti. Caso strano. Dopo la liberazione, questo ex milite si stabilì a Pescara e aprì un bar fuori il ristorante Salus. Mauro Scoccinaro, in occasione di una sua venuta a Pescara per una conferenza di Partito, si incontrò con lui nel bar: si riconobbero e si salutarono cordialmente.

Tra i compagni confinati a Ventotene, Ernesto Zanni, di Avezzano, era uno dei pochi taciturni, forse un po' introverso. Studioso, di animo sensibile, qualche volta mi parlava di sua sorella che costituiva l'unico suo affetto familiare.

Divenimmo amici, una amicizia che si rafforzò ancora dopo la liberazione . Direttore della scuola di Partito, prima a Bologna e poi a Roma, rimase sempre molto legato all'ambiente di Avezzano, dove era assai conosciuto per la sua attività politica.

Venne a Pescara da pensionato e fu sempre figura esemplare di educatore. Riservato e dignitoso, contava anche egli al suo attivo una diecina di anni fra carcere e confino.

È figura, quella di Zanni, da additare come esempio di rettitudine, modestia, fermezza di carattere.

Sono stato legato a lui da vincoli di fraterna amicizia fino alla sua scomparsa che ha lasciato in tutti profondo rimpianto.

A Ventotene ero gestore della mensa B, mentre la A, dedicata agli ammalati, era diretta da Umberto Macchia.

Mi prodigai per l'approvvigionamento presso i negozianti ed in particolare presso Umberto Di

Spigno che fece di tutto, con suo figlio Aniello, per agevolarci fornendoci tutto quanto risultava difficile e costoso trovare.

Tutti si concorreva ad aiutare la mensa degli ammalati di cui facevano parte anche i compagni Terracini e Scoccimarro e ai quali, dopo un intervento chirurgico, si aggiunse Ernesto Zanni.

Ci davano un turno per preparare i pasti, sbucciare patate, pulire le verdure, servire a tavola, provvedere alle pulizie; lavori a cui partecipavano tutti, compresi i dirigenti nazionali di Partito.

In seguito al permesso che consentiva ai familiari dei confinati di soggiornare nell'isola, molti furono quelli che raggiunsero i congiunti mentre prima il permesso era limitato ad una visita all'anno. Fu così che Giorgio Amendola fu raggiunto dalla moglie, dalla figlia e dalla suocera, naturalmente perquisite e vigilate in modo particolare perché provenienti dalla Francia.

La nostra compagna Marturano chiama ta "mammetta" che aveva suo figlio in carcere, fu raggiunta dalla figlia Giovanna.

Durante la sua permanenza, Giovanna conobbe il nostro Pietro.

Grifone il quale pensando che sarebbe stato assai lungo il soggiorno al confino, aveva idea di sposarsi. Giovanna e Pietro ebbero modo di conoscersi bene e dopo qualche tempo decisero di sposarsi. Superata la prassi legale, con l'aiuto dei compagni si provvide a preparare la festa: tutti ci demmo da fare, anche per reperire l'occorrente per approntare un pranzo eccezionale per la circostanza. Adele Bei preparò gli gnocchi e lo strudel, la Baroncini provvide al condimento, alle uova pensò il compagno Marchioro, con i risparmi furono comperati il vino e il dolce.

In una atmosfera allegra e commossa si concluse così la festa di nozze tra i compagni Giovanna e Pietro e di quel giorno parlammo spesso nei lunghi giorni che seguirono.

La notizia del patto di non aggressione tra la Germania e l'Unione Sovietica scatenò una forte reazione tra i confinati tanto che i militi si sbizzarrivano a perseguitarci ed infierire su di noi.

Anche io dovetti subire ogni sorta di angherie essendomi rifiutato di obbedire agli ordini e fui messo nelle celle di isolamento e poi in carcere. Qui trovai il compagno Li Causi il quale disse di trovarsi in carcere perché un milite lo aveva accusato falsamente di sputare in terra mentre ascoltava nella piazza (era un obbligo deciso dalle autorità fasciste) il bollettino radio. I confinati erano tenuti a seguire i bollettini. Era l'unica fonte di informazione, ma nonostante le notizie positive sull'esito delle battaglie, sulla famosa arma segreta, ecc., comprendevamo che esse erano false e che la realtà era diversa.

Qualche volta, con molta cautela data la vigilanza, cercavamo di attingere le notizie di Radio Londra dalla stessa cittadinanza: esse erano contraddittorie, ma ci sorreggeva la fede nella vittoria delle forze democratiche.

In particolare non mettevamo mai in dubbio la forza dell'Esercito Rosso e quando sapemmo della battaglia di Stalingrado, pur ritenendola durissima ed aspra, eravamo convinti che sarebbe stata la battaglia decisiva per le sorti della guerra.

Col passare del tempo si approfondiva in noi questa convinzione, pur non conoscendo bene la strategia militare né le reali fasi della guerra. Ciò che ritenevamo, avvenne.

L'ansia e l'attesa per l'esito della guerra si tramutò in entusiasmo in seguito alla decisiva controffensiva dell'Esercito Rosso e delle armate alleate. Nel contempo l'acuirsi delle vessazioni nei nostri confronti ci faceva intuire che le vicende non si svolgevano come invece erano trasmesse dai comunicati radio!

In questo quadro va ricordato l'episodio del compagno Cicalini che, avendo avuto sempre la convinzione che l'Esercito Rosso sarebbe stato vittorioso e che la guerra si sarebbe conclusa, ritenne che anche il nostro soggiorno all'isola avrebbe avuto poca altra durata per cui chiuse la bottega di fabbro che aveva aperto fin dal suo arrivo.

Quella mattina, recatomi come al solito da Di Spigno per la spesa mensa, trovai un gruppo di cittadini che confabulavano. È qui che appresi della caduta del fascismo per cui, invece di proseguire nella spesa, corsi nei cameroni per comunicare la lieta notizia, peraltro tanto desiderata, a tutti e quindi ci precipitammo ad ascoltare la radio delle 8. La conferma venne col proclama del generale Badoglio e questa fu veramente la prima notizia, benché attesa, che ci riempì finalmente l'animo di gioia dopo tanti e tanti anni di lotta! La caduta del fascismo ci faceva concretamente pensare al nostro lavoro nella legalità che non era più un sogno. Infatti cominciò subito la partenza dei confinati.

Noi comunisti rimanemmo per ultimi, nonostante l'interessamento e l'impegno del compagno Sandro Pertini, che fu tra i primi ad essere messo in libertà, e la campagna sostenuta dal compagno Roveda che si trovava a Torino (Roveda non era rientrato da una licenza concessagli dal direttore della colonia per gravi motivi di salute di un familiare) dove nel frattempo aveva diretto gli scioperi del marzo '43.

La licenza per cause particolari, era vietata dal regolamento, ma nel 1942, quando ne avanzai richiesta perché mia sorella Potenza doveva essere operata, a me fu negata. Infatti, mentre il Ministero dell'Interno, la questura di Pescara ed i carabinieri di Popoli erano favorevoli, si oppose il segretario politico del fascio di Popoli, l'avv. Giovanni Di Ciccio.

Il compagno Sandro Pertini, dopo lunghi anni di permanenza nelle carceri, tradotto alle isole di Ponza e Ventotene, aveva aderito alla mensa del gruppo "Giustizia e Libertà" cui appartenevano anche il direttore dell'orchestrina, ing. Calace, ed Ernesto Rossi.

Di carattere non facile, battagliero, lineare, Pertini si distingueva per la fermezza e la costanza con cui sosteneva i principii del socialismo. Finalmente il 18 agosto 1943 giunse anche per noi comunisti il sospirato turno di partenza dall'isola ed al canto di Bandiera Rossa e dell'Internazionale salimmo su una barca a motore, liberi e felici di tornare a casa. Prima di salire sulla barca, apprendemmo che il piroscafo che avrebbe dovuto portarci al continente era stato affondato dagli alleati.

A Formia ci attendevano i treni per ricondurci ai nostri paesi. Io, Colombi, Nannicelli e Adele Bei ci fermammo a Roma, ospiti della sorella di Adele la quale ci rifocillò: potemmo finalmente pulirci e dormire, e assaporare i primi momenti di libertà.

Come per incanto, ci sembrò di dimenticare i lunghi anni di attesa e di ansia. Rimaneva soltanto il ricordo dei profondi vincoli di affetto che in queste isole, ove eravamo stati relegati e tenuti all'oscuro dei grandi avvenimenti che si svolgevano nella scena mondiale, si erano stabiliti fra noi confinati.

Avevamo appreso cosa significasse vivere uno per tutti, unire le nostre povere risorse a favore della collettività, creare una sola famiglia, soccorrere i più deboli e malaticci.

L'esilio è stato scuola di vita, formazione del costume e del carattere, esperienza che ha temprato e preparato molti di noi; l'esilio è stato anche scuola di cultura sia per l'applicazione individuale sia per l'opera svolta dai compagni più preparati. Particolarmente preziosa risultò, fra l'altro, la possibilità di completare la cultura umanistica e scientifica con l'attiva consultazione dei testi della ricca biblioteca, frutto dei nostri risparmi.

Si preparava per noi un lungo e difficile lavoro: in carcere o al confino avevamo avuto il tempo per pensare ai compiti che ci attendevano; con il paese in sfacelo, l'8 settembre fu la data di inizio di una nuova storia.

Dopo l'annunzio improvviso dell'armistizio – con la fuga del re e dello Stato Maggiore, con l'abbandono dell'esercito a se stesso, con i soldati stanchi, laceri e sbandati, con l'occupazione tedesca – capimmo quanto erano difficili i nostri compiti.

Dopo la breve parentesi della libertà fummo costretti nuovamente al lavoro clandestino. Ci dedicammo a preparare la lotta al nazi fascismo che depredava, deportava, uccideva, e pertanto decidemmo di raggiungere le montagne per la formazione delle Brigate Partigiane.

A proposito dell'armistizio ricordo questo episodio: ricevetti una telefonata da Maria Baroncini, mia compagna di esilio per lunghi anni, la quale mi comunicava che lei e la figlia Vinca, mentre viaggiavano per rientrare a Roma, avevano appreso dell'armistizio stesso e, temendo di non trovare nessuno all'arrivo, si erano rifugiate a Castiglione a Casauria, in provincia di Pescara, presso una compagna in esilio testimone di Jeova di nome Maria Martino.

Mi consultai subito con i compagni e decidemmo di andare a prelevarle per portarle al sicuro. Ritenni che fosse opportuno condurle a Civitaretenga, un paese distante una quarantina di chilometri da Castiglione, che aveva dato i natali a mia madre e dove risiedevano alcuni miei parenti. Ci recammo a prelevarle con un carretto guidato dal compagno Quirino Giovani. Al nostro arrivo si sentirono subito tranquille. A Civitaretenga la Baroncini trascorse alcuni giorni sereni. Nel frattempo avevo informato il Partito e personalmente il compagno Scoccimarro della sistemazione delle due ospiti garantendo che stavano bene e al sicuro.

Dopo qualche giorno venne un compagno del centro, credo che si trattasse di Celso Ghini, per prelevare madre e figlia e ricondurle a Roma con una abbondante scorta di viveri.

Una volta in montagna, il lavoro iniziò subito. Sul Morrone, a sud di Pescara, costituimmo una Banda Partigiana denominata "Popoli" che comprendeva anche elementi di Bussi, banda di cui ero comandante. Questa formazione entrò subito in contatto con quelle sorte a Sulmona e Avezzano.

A mia richiesta furono mandati presso di noi dalla organizzazione di Avezzano i compagni Giulio Spallone in qualità di commissario politico e Aurelio Nardelli come dirigente militare.

Quest'ultimo dopo il primo contatto non lo vedemmo più e si diceva che era stato preso più volte dai tedeschi. Così la direzione militare rimase sotto la guida dei nostri due tenenti di complemento Nicola Sanvitale e Peppe Orsini.

Difficile era sfuggire alla vigilanza tedesca e fascista e alle loro spie, sia per mantenere i collegamenti, sia per rifornirsi di viveri, fucili, indumenti, medicinali per far fronte alle esigenze della resistenza armata e ai rigori dell'inverno.

Un nostro compagno partigiano, D'Amato, fu sorpreso dai nazi fascisti ed ucciso; io, Quirino Giovani e Salvatore Villa, avemmo l'ardire di uscire dal pagliaio di Nicola Della Rocca dove eravamo rifugiati e di seguire il funerale del compagno caduto insieme ad una immensa folla. Subito dopo ci dileguammo per ritornare in montagna ove eravamo già una formazione di alcune centinaia di unità.

A Badia di Sulmona si trovava un campo di concentramento di prigionieri alleati. Al momento dell'armistizio fuggirono tutti raggiungendo le nostre montagne e quindi furono da noi rifocillati e guidati verso le Puglie, al Comando Alleato.

La popolazione faceva a gara per offrirci quanto più poteva cosciente della vita dura della montagna; recandomi a Popoli continuamente, pur col pericolo di essere scoperto, organizzavo tutto il servizio logistico affinché non mancasse nulla ai partigiani in montagna; ci servivamo dei muli che offrivano i popolesi; presso i pecorai rifugiati in montagna per sottrarre il bestiame alle continue razzie tedesche, acquistavamo carne con dei buoni che poi furono cambiati a fine guerra e così pagammo regolarmente.

Dalla montagna si scendeva per opere di sabotaggio contro i tedeschi. Nell'aprile del 1944 in una di queste azioni, un treno che recava al nord vettovagliamento per le armate tedesche, fu fermato alla stazione di Popoli dai nostri partigiani che in un baleno lo scaricarono. Tre di essi, Saverio Zaccaria, Alfredo Di Ciccio ed un altro di cui mi sfugge il nome, persero la vita in questa azione, raggiunti dalle raffiche nemiche.

Ascoltavamo Radio Londra tutti i giorni e scrivevamo un bollettino recante notizie che contradicevano quanto trasmetteva la radio italiana; il bollettino veniva poi diffuso tra la popolazione sfollata nelle grotte. Questo fatto suscitava la reazione dei nazi-fascisti per cui la sorveglianza era molto stretta al fine di scoprire i partigiani, specie quelli più indiziati, e pertanto il pericolo che incombeva era grande.

Avevano raggiunto la montagna Morrone, dopo la fuga dal campo di concentramento di Sulmona, un capitano americano ed un sergente inglese che veniva spesso a casa di mia sorella, il cui marito parlava inglese e ci intrattenevamo a conversare.

Decidemmo di agevolare i fuggiaschi per far loro raggiungere le linee alleate; a proposito ricordo che uno dei fratelli Zaino che ci aiutavano nel trasporto e reperimento dei viveri, e precisamente Nunzio, riuscì a procurare al sergente inglese un abito proprio della sua taglia che prese ad uno zio. Si unirono ai due militari per fuggire anche due ufficiali italiani: il colonnello d'aviazione Domenico Ludovico di Vittorito, attualmente in pensione da generale, e un suo cognato tenente di complemento. Nell'intento di raggiungere la linea di guerra per rientrare nell'esercito italiano, si scelse il percorso da seguire spiegando loro che avrebbero dovuto affrontare la montagna essendo le pendici e le pianure sotto l'occupazione tedesca. I due stranieri seguirono le indicazioni ricevute e raggiunsero la meta, tanto che ci mandarono loro notizie, mentre gli italiani, credendo forse di fare prima o di evitare la strada impervia, furono catturati dai tedeschi e portati al campo di concentramento di Teramo.

Ben presto, con i compagni Diodati e Di Ciccio, di Popoli, decisi di recarmi a Teramo per rendermi conto dei due catturati e passai per Penne a prendere contatto con un gruppo di giovani studenti che erano entrati nel Partito appena due anni prima, nel 1942, anch'essi partigiani. Tra loro c'erano Francesco D'Angelosante, Tullio Paluzzi, Filippo Di Pasquantonio. La missione si arricchì di un altro motivo: poiché Giulio Spallone, alcuni mesi prima, si era recato già da Ezio Di Clemente a Loreto Aprutino e poi a Penne per procurarsi l'olio per i partigiani e mi aveva comunicato che a Penne c'erano dei giovani che attendevano notizie e disposizioni per il loro lavoro clandestino, detti loro istruzioni per la resistenza. Notai però con grande soddisfazione che essi erano ben preparati ed attivi. In quell'occasione seppi che Francesco D'Angelosante era stato appena rilasciato dai tedeschi.

Purtroppo non potemmo proseguire per Teramo, sempre in bicicletta, perché le strade erano sbarrate dai tedeschi. Rientrammo a Popoli da un percorso irto di difficoltà sia per sfuggire ai tedeschi che ai fascisti; a Cepagatti fummo fermati ed arrestati dal maresciallo dei CC. che poi ci rilasciò non avendo prove a nostro carico. Finalmente in sede fu ripreso il lavoro di contatti e riunioni; dalla montagna la sera scendevo al paese per riunirmi al gruppo che operava lì; ci vedevamo in una casa colonica della contrada "Santo Padre" per prendere accordi sul da fare il giorno seguente, quasi sempre per concordare azioni di sabotaggio, compilazione del bollettino che raggiungeva la popolazione e approvvigionamento alimentare.

Eravamo sempre in collegamento con le formazioni partigiane della Marsica e del Sulmontino: nella galleria ferroviaria di Collarmele si incontravano periodicamente, per il coordinamento delle iniziative, i compagni Dario Spallone, Nicola Sanvitale e Peppe Orsini.

Ci furono di sommo aiuto le donne che collaborarono con noi in vari modi. Era per me motivo di orgoglio vedere tra di esse mia madre e le mie sorelle, Marietta e Potenza, le quali oltre ad ospitare i partigiani, provvedevano alla manipolazione e alla cottura di circa cinque quintali di pane al giorno che, insieme ad altri viveri, venivano trasportati in montagna. Con esse collaboravano le mogli di Salvatore Villa e Quirino Giovani; facevano da portaordini la sorella del tenente Sanvitale, Bice, e la moglie di Peppe Orsini, Doretta Jannarelli. Particolarmente preziosa era la funzione di Alba Diodati, figlia di Salvatore, ex confinato politico che mi seguiva da partigiano. Alba, tra l'altro, prestava la sua opera come dattilografa al Comando Generale della formazione partigiana che aveva sede nella sua casa.

Erano frequenti le riunioni nella borgata "Santo Padre" in una casa colonica. Il 30 aprile del '44, in un convegno per coordinare alcune iniziative fummo colti di sorpresa dai fascisti e dai tedeschi, guidati da un delatore, Gaetano Diodati.

Fummo presi e i nazifascisti decisero subito di fucilarci sul posto. Ci furono attimi drammatici. Vedemmo il delatore che confabulava con i tedeschi e i fascisti con una espressione nel volto tra nervosa e spaventata. Fu proprio il delatore che ci salvò la vita impedendo la nostra fucilazione. Ci demmo ragione del suo comportamento quando considerammo che egli, pensando alla reazione dei partigiani e della popolazione, aveva implorato i nazifascisti di non passarci per le armi in sua presenza.

E così con i fucili nemici spianati alle nostre spalle, attraversammo il paese dove nel frattempo era arrivata la notizia della nostra cattura. Passai sotto la mia casa tra la popolazione muta ed angosciata: ognuno pensava alla sorte che ci attendeva.

Fummo rinchiusi nelle carceri di Popoli dove restammo per qualche settimana. Il compagno Quirino Giovani ci fece pervenire delle seghette per tagliare le sbarre e fuggire: eravamo in sei e solo tre di noi desideravano mettere in atto il piano della fuga.

La data della fuga si rimandava di giorno in giorno per convincere i restii. Infine, constatato che d'accordo eravamo solo in tre, stabilimmo di effettuare la fuga il mattino seguente con le biciclette che Quirino Giovani ci avrebbe fatto trovare.

Avvenne però che la sera stessa fummo trasferiti all'Aquila, passando per il Comando Generale che risiedeva a Civitaquana, dove pernottammo. Durante la notte ebbi contatto col generale Giannantonio, della Milizia Fascista, al quale prospettai la impossibilità che i tedeschi vincessero la guerra. Dopo tanto conversare, mi promise che avrebbe agevolato la nostra fuga il mattino seguente, ma nonostante le assicurazioni del generale i carabinieri di scorta ci accompagnarono con severa vigilanza alle carceri di S. Domenico dell'Aquila. Avevamo pensato che la nostra prigionia fosse stata quella della terribile fortezza rappresentata dal Castello Cinquecentesco, ma fummo dirottati alle carceri di S. Domenico perché alcune settimane prima era fuggito dal Castello Bruno Corbi, della Banda Marsica.

Dopo alcuni giorni dal carcere aquilano di S. Domenico, fui trasferito, con 5 compagni di Popoli, in un'ala del manicomio, dove erano rinchiusi numerosi partigiani catturati in vari paesi: in tutto una cinquantina in due cameroni squallidi, senza neppure i pagliericci, né coperte, né altro per cui dovevamo dormire sul nudo pavimento di marmo. Per cibo qualche brodaglia e un po' di pane.

Il sudiciume imperava. Gli agenti di custodia, spesso ubriachi, facevano del tutto per infliggerci un trattamento disumano. Ogni giorno venivano prelevati alcuni di noi per essere adibiti al trasporto della spesa destinata ai nostri carcerieri. In una di queste uscite un giovane partigiano di Avezzano, mentre tentava di fuggire, fu ucciso ed il suo cadavere riportato al camerone quale ammonimento a tutti noi di non ripetere il tentativo.

Il direttore della prigione era un aguzzino dell'esercito tedesco, il famoso capitano Defregger, che alla fine della guerra entrò nell'ordine ecclesiastico, fece carriera e divenne vescovo di Monaco. Questa belva si divertiva a rendere ancora più difficile la nostra vita: era lieto e soddisfatto di aver recintato addirittura l'interno del camerone con filo spinato per darci maggiormente la sensazione di prigione che non concedeva scampo.

Isolati completamente, senza poter ricevere né inviare corrispondenza, avevamo i nervi a pezzi. La volontà di resistere si intrecciava col timore, di cui spesso parlavamo, di essere fucilati o peggio, deportati e finire nei forni crematori.

Le privazioni, le angherie, il trattamento sub-umano, facevano parte di un sistema volto a far crollare i nostri nervi, a farci sottoscrivere la resa morale. Ma ciò non accadde.

Il timore della fucilazione o della deportazione non era infondato. Infatti noi tutti, rinchiusi nel manicomio, eravamo stati condannati alla fucilazione con processo che avvenne senza informarcene e del quale venni a conoscenza quando fui liberato. La formazione partigiana di Popoli aveva fatto sì che fosse nominato per la difesa un noto avvocato dell'Aquila il quale però non ritenne di assolvere al suo mandato e pertanto non si presentò neppure al processo. Quanto sopra lo appresi dall'avv. Gustavo Marinucci che sentì la necessità di mettermi al corrente che egli, essendo legale di altri imputati, aveva assunto anche la mia difesa, pur non conoscendomi.

Ignari quindi del processo, completamente all'oscuro del processo farsa e della sentenza di condanna a morte, assistevamo ogni sera, ad ora diversa, all'arrivo di un sergente aguzzino il quale veniva a prelevare due fra noi che il giorno dopo sarebbero stati fucilati. La certezza della fucilazione ci veniva dal fatto che la mattina dopo i due prelevati venivano rimpiazzati da altri due catturati in attesa della stessa sorte.

Tutto questo ci aveva gettati in uno stato di angoscia spasmodica sia perché venivano meno due partigiani e sia perché si era in attesa della scelta successiva. In questo stato ci colse il 10 giugno 1944.

Quella mattina del 10 giugno, la nostra sorpresa fu immensa: non sentimmo nessun rumore, non vedemmo nessuno dei carcerieri, le porte erano chiuse! Uscimmo: quale meraviglia! I nostri aguzzini erano fuggiti perché circondati dall'esercito alleato: non avevano fatto in tempo a decimarci tutti.

Un indicibile sentimento di commozione e di gioia ci invase! Con gli altri cinque di Popoli ci rifugiammo in casa della sorella di Giuliano Arzino, che era stato catturato con noi e come noi di Popoli si trovava a L'Aquila. Fummo adeguatamente rifocillati ed infine potemmo lavarci e provare che significasse distendersi in un letto! L'unico intento ormai era quello di metterci al lavoro: mentre gli altri 5 compaesani raggiunsero in bicicletta le loro famiglie, io fui trattenuto dal compagno Scaramucci, che dirigeva provvisoriamente la Federazione dell'Aquila, nonostante gli avessi manifestato la necessità di recarmi al più presto a Pescara, ove era indispensabile la presenza attiva del partito.

Dopo alcuni giorni egli si convinse e mi consentì di raggiungere Pescara.

Qui trovai la città quasi rasa al suolo: rovine dappertutto, immense perdite umane, le poche case ancora in piedi erano mina te; fra le rovine, mentre pioveva, mi fermai in Via Teramo vicino ad una baracca che fungeva da officina, per consumare un panino. Fui accolto dal padrone di essa, un bolognese di nome Renzo Barbi, con viva cordialità, tanto che da allora siamo divenuti buoni amici.

Egli si rese utilissimo nel periodo difficile dell'occupazione assolvendo mansioni delicate, trasportando cose e persone al sicuro, mettendo a disposizione la sua macchina e guidandola egli stesso con grave rischio e pericolo per la sua persona.

A Pescara trovai il gruppo dei giovani di Penne dei quali ho già parlato (D'Angelosante, Paluzzi ed altri). Con loro c'era anche l'avvocato Magno. Iniziai così il lavoro di ricostruzione del Partito, stabilendo innanzitutto contatti con la direzione. Occupammo la ex Federazione fascista, ancora in piedi, allora situata nel palazzo Verrocchio, ora Hotel Esplanade, e trovammo gli incartamenti abbandonati nella fretta della fuga.

La ricostruzione del Partito a Pescara fu lavoro duro e pertanto richiedeva serio impegno. Con i compagni Marcanzani, Presutti, Pellicciotta, Antonio Spinelli, Nino Ricci, Maria Anastasio, Pasquale Magno, costituimmo la prima Federazione del P.C.I. di Pescara. Io fui nominato Segretario.

Il lavoro in città e in provincia presentava enormi difficoltà. Pescara era stata distrutta, Popoli aveva subito il 75% di distruzioni per i bombardamenti a causa dei ponti e delle officine di Bussi;

anche Penne, Loreto Aprutino e numerosi altri comuni avevano subito bombardamenti. Sicché, difficile era raggiungere i paesi, sia per mancanza di mezzi che per le strade impraticabili; pochi eravamo a recarci nelle sezioni lontane con mezzi di fortuna o biciclette, difficile anche reperire le fonti finanziarie necessarie. Essendo la pro vincia di Pescara di recente costituzione (1927), non era mai esistita una Federazione del P.C.I.; erano venuti infatti a far parte della nuova Provincia di Pescara alcuni Comuni già appartenenti a Teramo e a Chieti; dalla Provincia dell'Aquila erano stati distaccati Popoli e Bussi.

Prima del trasferimento a Pescara il mio lavoro si era svolto, come ho detto, nella federazione dell'Aquila e quindi nei Comuni poi distaccati della provincia aquilana.

Fra i giovani collaboratori c'era anche Attilio Esposto, di Penne, che proposi per un corso alla scuola di partito di Roma. Posso confessare ora che il mio intento era quello di cedere a lui la guida della Federazione dato i nuovi impegni a cui ero stato chiamato. Completato il corso, invece, il partito non lo assegnò a Pescara, ma a Potenza come segretario di Federazione.

Anche i fratelli Grandonico, Donato ed Ivo, furono di notevole aiuto nella organizzazione della Federazione: Ivo, in particolare, che aveva più esperienza in quanto aveva preso parte alle azioni partigiane, arruolandosi nella "Brigata Maiella".

La sua attività divenne più intensa quando Giulio Spallone assunse l'incarico della direzione regionale del Partito, sostituendo Paolo Bufalini che passò alla Federazione di Palermo come Segretario. Quando io ero Commissario per l'Epurazione Ivo svolse mansioni speciali e di fiducia insieme al compagno Spinelli che tutti i compagni ricordano con grande rimpianto ancora oggi. Egli fu segretario dell'A.N.P.I. dall'inizio della costituzione e membro del C.L.N. provinciale a cui dette un contributo di rilievo.

Quando si costituì il Commissariato Nazionale per l'Epurazione, diretto per breve tempo da Sforza e da Scoccimarro, che ne creò uno per ogni provincia, fui chiamato a Roma dallo stesso Scoccimarro perché mi interessassi della nomina dei Commissari per le Provincie d'Abruzzo.

Io fui nominato per la Provincia di Pescara. A Chieti designai Marcantonio, all'Aquila Piero Ventura, non ricordo il nominativo per Teramo. Nel lavoro di costituzione di questo importante organismo fui affiancato in particolare da Francesco D'Angelosante e dall'avv. Camilli, socialista.

Pasquale Magno fu nominato Vice Prefetto. Fecero parte della Commissione Provinciale per l'Epurazione di Pescara anche il Presidente del Tribunale, Barbara, i Cancellieri Tentarelli e Di Maio; Tullio Paluzzi.

Il lavoro che si presentò davanti la Commissione fu molto delicato. Si susseguivano infatti ridda di denunce, per di più anonime, ispirate generalmente da spirito di vendetta personale e quindi molte erano false. Facilmente, però, si poteva essere indotti ad errore di valutazione e pertanto erano necessarie indagini approfondite e particolareggiate; tra le denunce trovai quella riguardante il vecchio Questore di Pescara che a suo tempo mi aveva perseguitato, fatto arrestare, interrogato nella sua qualità di membro della Commissione Provinciale per l'assegnazione al confino e con il quale nei numerosi interrogatori mi ero scontrato aspramente. Ricordo che una volta, perduto il controllo dei nervi, alla sua domanda: che faresti se fossi al mio posto?, risposi: Ti impiccherei.

La sorpresa di avere fra le altre anche la denuncia contro l'ex questore fu grande. Un giorno la moglie dell'ex questore venne a perorare la causa del marito in stato di arresto. Misi da parte qualsiasi risentimento personale e mi adoperai per la scarcerazione del pover'uomo che non reputavo neppure degno di una condanna nonostante le sue malefatte da tirannello del regime.

Altro nome in evidenza, contro cui si indirizzarono le denunce, fu quello del colonnello Lamparelli; l'indagine si svolse con animo sereno, priva di preconcetti, ma approfondita. Egli era stato già condannato a 5 anni di confino da scontare a Gissi, dalla Commissione Provinciale per il confino di polizia. Si poté infine concludere l'indagine in modo che egli fosse prosciolto.

Nell'esaminare le numerose pratiche cercai di impostare il lavoro si che si svolgessero indagini senza preconcetti, senza spirito di rappresaglia, senza rancore. Si trattava di applicare misure di giustizia, tendenti a punire solo i veri responsabili di crimini particolarmente gravi. Nel caso Acerbo la polizia cercava di proteggerlo, avvisandolo di volta in volta mentre lo si ricercava. I poliziotti, quando erano incaricati della missione, si fermavano in qualche caffé e "segnalavano" così lo scopo della loro presenza a Loreto Aprutino sì da concedere al ricercato il tempo necessario perché fosse avvertito e provvedesse ad allontanarsi.

Dopo vari inutili tentativi decisi di inviare a Loreto Aprutino un gruppo di partigiani sotto la guida e la responsabilità del compagno Spinelli e del Commissario di P.S. Canne appena assunto in servizio alla Questura di Pescara. L'ordine era quello di sorprendere l'ex gerarca fascista nella tana in cui si era rifugiato.

L'azione ebbe successo. Acerbo fu acciuffato nella tana mentre leggeva "La Contessa Maffei". Subito prese a giustificarsi affermando di non aver rubato nulla, pur essendo stato Ministro delle Finanze. Portato a Pescara, lo feci accompagnare dai partigiani al Ministero dell'Interno, a Roma. Fu processato e condannato a 30 anni di carcere che non scontò per la sopraggiunta amnistia.

Altro caso fu quello del generale della milizia fascista Giannantonio, di Torre dei Passeri, con il quale come ho ricordato parlai al comando di Civitaquana prima di essere trasferito alle carceri dell'Aquila. Egli fu consegnato alla questura, ma con la complicità di alcuni poliziotti riuscì a fuggire.

Un episodio ancora oscuro fu quello di tale Basciano, celebre e feroce squadrista, individuato a Bari da partigiani di Pescara. Fu arrestato dal partigiano Federico Contratti, ex confinato politico, ma ricondotto a Pescara e consegnato alla Questura, non si seppe più nulla di lui.

Pur preso dal delicato e intenso lavoro che richiedeva la carica di Commissario per l'Epurazione, svolgevo attività nell'ambito della Federazione, di cui ero ancora segretario. Qui le difficoltà aumentavano, specie per la mancanza di mezzi finanziari. I compagni attivisti non si risparmiavano; erano sempre in giro e impegnati senza limiti di orario, senza essere remunerati, né rimborsati delle spese che sostenevano.

Ognuno come poteva faceva fronte di propria tasca alle spese. Qualche volta erano provvidenziali l'aiuto e le sovvenzioni dei compagni più abbienti.

Come segretario di Federazione neppure io ricevevo stipendio e la paga di tremila lire al mese per l'incarico di Commissario per l'Epurazione, la devolvevo interamente alla Federazione per le spese correnti. Oltre tutto, per vivere e sopperire alle spese della Federazione stessa, fui costretto a vendere alcuni pezzi di terra che mi erano provenuti in eredità.

La nostra Federazione ottenne buoni risultati essenzialmente sul piano organizzativo e dei tesserati. Valutavamo positivamente il lavoro tenendo conto innanzitutto della situazione a Pescara: la città distrutta dai bombardamenti, la presenza di una popolazione eterogenea costituita essenzialmente da ceti di commercianti e medio borghesi, scarso numero di operai: tutto ciò rendeva difficile la penetrazione del partito. In provincia, invece, erano rimasti contadini, mezzadri, operai, sicché fu più facile prendere i contatti e sviluppare l'iniziativa politica. Anche la politica dei quadri dette risultati apprezzabili. Alla milizia attiva, assolvendo funzioni di direzione ai diversi livelli, si aggiunsero via via altri compagni: Nino Carletti, Nevio Felicetti, Fulvio Ranocchiaro, Ezio Ventura.

Con la nomina a Consultore Nazionale il mio lavoro si rese più oneroso fra gli impegni di partito a Pescara ed i viaggi frequenti a Roma. Mi venne meno, tra l'altro, la collaborazione di Francesco D'Angelosante il quale fu nominato, dietro mio suggerimento, segretario del Presidente della Costituente, compagno Terracini.

Siccome era per me impossibile assolvere temporaneamente il duplice compito, specie per l'approssimarsi dei Congressi provinciali di Federazione, chiesi alla Direzione del Partito di inviare a dirigere la Federazione di Pescara il compagno Giulio Spallone che avevo conosciuto quando ebbe l'incarico di Commissario Politico nella formazione partigiana di Popoli, e di cui avevo conosciuto le capacità di dirigente. Dopo lungo tergiversare, la Direzione accolse la mia richiesta: Giulio Spallone venne a Pescara e vi fu ulteriore miglioramento nella vita e nella iniziativa del Partito. Con Spallone, tra l'altro, avevamo finalmente una macchina a disposizione.

Ultimato il lavoro della Consulta (debbo dire a chi non lo sa che l'incarico di consultore non contemplava lo stipendio) e eletta l'assemblea Costituente, io potei tornare a prestare la mia opera alla Federazione, assolvendo vari incarichi e continuando quello di Commissario per l'Epurazione.

Tra le altre mansioni, il Partito mi ha designato anche quale presidente dell'ECA e Consigliere di Amministrazione dell'Ospedale Civile per vari anni. Sono stato inoltre Consigliere Provinciale per varie legislature.

L'incarico l'ho ricoperto fino all'età di 70 anni. Debbo precisare ancora che gli incarichi di cui sopra sono stati "onorifici" e quindi senza stipendio: i gettoni di presenza sono stati devoluti interamente alla Federazione.

Come le possibilità fisiche me lo consentono, seguo tutt'ora la vita del Partito in qualità di membro del Comitato Federale in rappresentanza della Commissione Federale di Controllo, prima come Presidente e quindi come Vice Presidente. Fin dall'inizio della sua costituzione, sono stato nominato Consigliere dell'A.N.P.P.I.A. e presidente della Federazione Provinciale della medesima.

Di recente, nella costituzione del Comitato Regionale dell'A.N.P.P.I.A., sono stato nominato Presidente Onorario dell'Associazione. In seguito alla creazione dell'Istituto Storico Regionale per la Resistenza, il Comitato Direttivo di esso mi ha eletto Vice Presidente.

Giunto all'età di 80 anni, nel momento in cui questi "Ricordi della mia vita" vedono la luce, posso dire che, nonostante le difficoltà, i travagli, le persecuzioni, valeva la pena combattere le battaglie che sono state combattute e alle quali, io comunista, ho cercato di dare, in rapporto alle mie forze e alle mie capacità, il mio contributo. Riconsiderando la mia iscrizione, all'età di 15 anni, alla gioventù socialista, la mia adesione, nel 1921, al Partito Comunista, l'esperienza travagliata e dolorosa sotto la dittatura fascista e l'occupazione nazista, la pagina luminosa della Resistenza e della Liberazione, il lavoro svolto per fare del partito comunista una grande forza nazionale e democratica, arrivo ad una sola conclusione: nella militanza politica comunista si cresce anche come uomo. Di questo sono grato al mio partito e voglio auspicare che questa umile breve testimonianza, serva alle nuove generazioni per continuare la lotta tesa a mantenere ed espandere le conquiste fatte e perché gli ideali socialisti divengano una vivente realtà.

SOMMARIO